MARIA JULIA MALTESE

DANDARA E ZUMBI

1ª edição – Campinas, 2021

"O movimento negro tem várias faces, mas sempre é uma continuidade da grande luta de libertação cujo maior líder e referência básica é Zumbi dos Palmares."

(Abdias do Nascimento)

M•STARDA
EDITORA

PERNAMBUCO

OLINDA
RECIFE

PORTO CALVO

ALAGOAS

MACEIÓ

Povoados de Palmares

O fim da escravidão no Brasil foi oficializado com a assinatura da Lei Áurea em 13 de maio de 1888. Porém, para muitos brasileiros, a abolição dos escravizados começou a acontecer bem antes, em 1597, com o surgimento de Palmares sob o comando da princesa africana Aqualtune.

Palmares — carinhosamente chamado de Angola Janga (pequena Angola) por seus habitantes — era embrenhado no mato da Capitania de Pernambuco. Os negros eram maltratados e torturados nas fazendas e, quando conseguiam fugir, buscavam abrigo em Palmares, que também acolhia índios e até brancos que não tinham posses. Em Palmares não havia preconceito, e todos que precisavam de refúgio recebiam uma morada. Durante quase um século, viveram em Palmares mais de 30 mil pessoas.

O Quilombo era grande e dividido em vários mocambos. Era do Mocambo do Macaco, capital de Palmares, bem no topo da Serra da Barriga, região que atualmente pertence ao estado de Alagoas, que Zumbi liderava sua comunidade em busca de liberdade.

Conta a história que, em 1655, Zumbi nasceu livre nas terras do Quilombo de Palmares. No entanto, sua liberdade durou pouco. No mesmo ano, Brás da Rocha Cardoso foi mandado pela Coroa portuguesa para conquistar Palmares e, apesar do fracasso de sua expedição, capturou o menino.

O recém-nascido foi dado de presente ao padre Antônio Melo, da cidade de Porto Calvo, que o batizou dando-lhe o nome de Francisco. Com o padre, ele aprendeu a ler e a escrever em português e latim e, na infância, tornou-se coroinha para ajudar nas celebrações da igreja. Entretanto, viveu na condição de escravizado até completar 15 anos, quando fugiu para Palmares a fim de encontrar sua gente e suas origens.

O ciclo do açúcar e a exploração da mão de obra negra começaram com as primeiras expedições colonizadoras em meados de 1530 e duraram até o século XVIII.

Naquela época, a produção e a comercialização do açúcar para a Europa representavam a principal atividade econômica do Brasil. A plantação de cana-de-açúcar exigia terras e trabalhadores. E, para os senhores de engenho, os africanos representavam mão de obra especializada e barata.

Trazidos da África, os escravizados eram tratados como se fossem inferiores e transformados em "coisa": perdiam seus nomes, eram retirados de sua comunidade, privados de sua liberdade, forçados a aceitar uma outra religião, surrados e submetidos a todo tipo de tortura.

Palmares representava para os negros a possibilidade de vivenciarem a cultura que tiveram de abandonar na vinda para o Brasil. Era a esperança de resgatar suas origens, sua identidade e sua dignidade.

Quando Francisco voltou para o Quilombo, ele trocou seu nome de batismo pelo nome Zumbi e constituiu sua família. Seu tio era Ganga-Zumba, um dos grandes líderes de Palmares. Ele administrava os mocambos e comandava a resistência às inúmeras expedições que marchavam contra Palmares para destruí-lo.

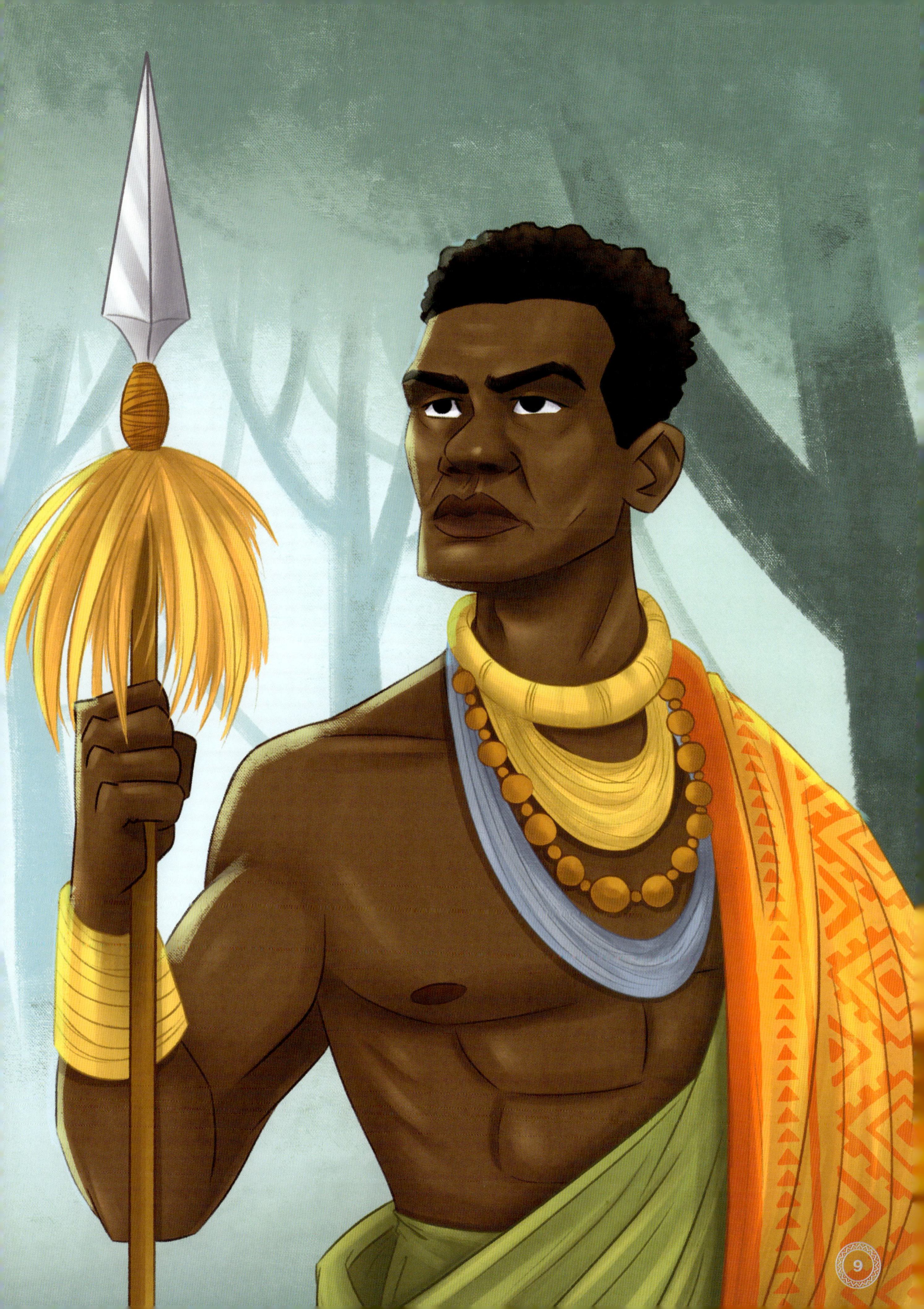

Os mocambos eram pequenos assentamentos com casas de madeira cobertas com folhas de palmeiras. No centro dos mocambos, havia um pátio com casa de conselho, capela, oficinas de artesãos, mercado e poço. A língua falada era uma mistura de português, línguas africanas e indígenas. Na religião, combinavam-se elementos das religiões africanas e cristã.

Cada povoado tinha um chefe, escolhido por sua força, inteligência e habilidade de combate ou negociação. O grupo de maiorais, como eram chamados, definia coletivamente o que fazer para a sustentabilidade do Quilombo.

Em Palmares, as terras não tinham dono nem representavam riqueza. Elas serviam para produzir alimentos e sustentar os que estavam usufruindo delas naquele momento. Por isso, em Palmares não havia classes sociais. Apenas os chefes militares e os políticos tinham alguns privilégios devido à responsabilidade que carregavam.

A terra era fértil, e, com a tecnologia trazida da África, os quilombolas fabricavam suas próprias ferramentas para aprimorar o plantio. Produzia-se de tudo um pouco: milho, feijão, batata-doce, mandioca...

Com a boa produção, era possível negociar o excedente com comerciantes da região. Foram cerca de 100 anos de convivência, sobrevivendo a ciclos de guerra e de paz e se estabelecendo como a maior e mais organizada povoação de resistência à escravidão.

Para chegar ao Mocambo do Macaco era preciso atravessar o escudo verde, subir a serra e transpor as várias paliçadas que cercavam a aldeia, o que, na época, fazia do lugar uma verdadeira fortaleza.

Com o passar do tempo, as batalhas contra Palmares foram se intensificando e fazendo cada vez mais mortos e prisioneiros. Por causa de sua habilidade, Zumbi ganhou destaque como estrategista e chefe militar, sendo nomeado comandante-geral do exército.

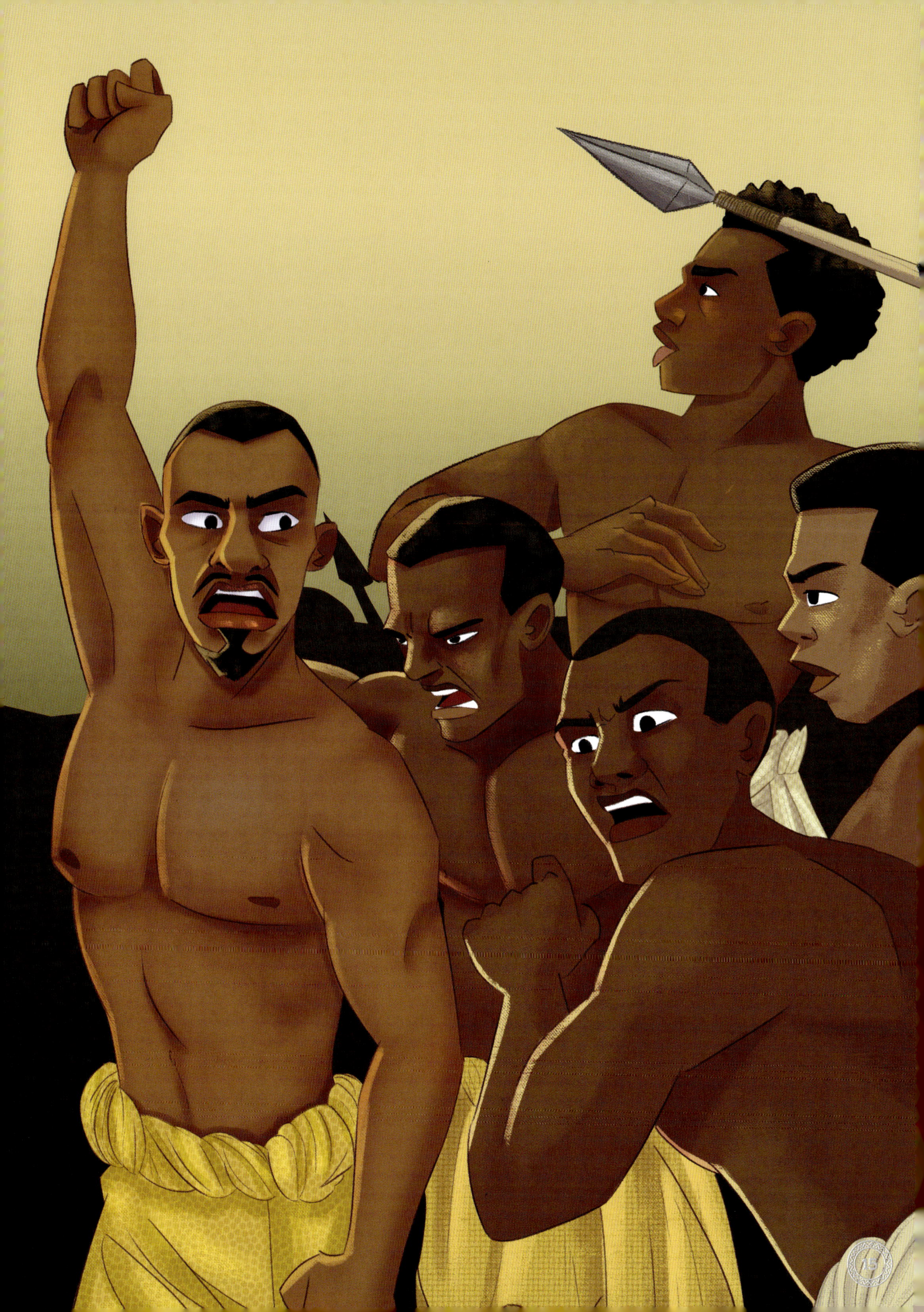

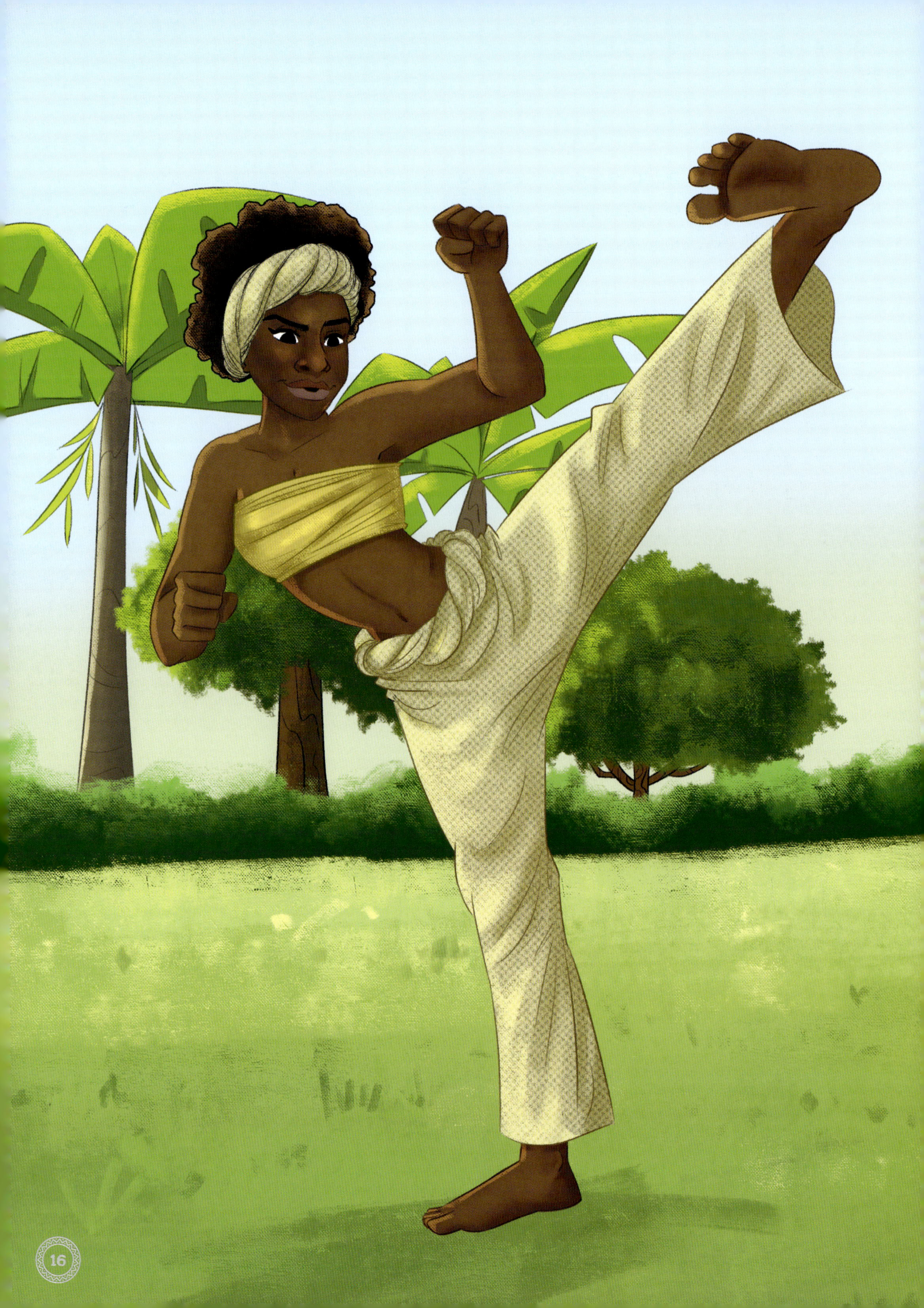

Foi numa zona de batalha que, segundo as vozes mais românticas, Zumbi conheceu Dandara e se apaixonou por ela, guerreira firme e decidida a proteger seu povo.

Assim como a princesa Aqualtune, que, em 1597, havia lutado pela liberdade e liderado as primeiras pessoas que chegaram à Serra da Barriga, outras mulheres foram fundamentais na história de Palmares.

Praticamente anônimas e em menor número, elas tinham grande importância na organização do Quilombo: comandavam as famílias, cuidavam da agricultura e definiam as funções dos homens na vida e no trabalho.

Em 1678, o governador de Pernambuco, Pedro de Almeida, enviou a Ganga-Zumba uma proposta de paz. O acordo libertava os prisioneiros que estavam em seu poder, oferecia terras e bom tratamento, mas impunha a mudança deles para outra região.

Uma comissão enviada a Recife negociou terras na região de Cucaú, a liberdade para os nascidos em Palmares e a permissão para o comércio com os povoados vizinhos. Em troca, teriam de entregar os escravizados que dali em diante fugissem para Palmares.

Os palmarinos ficaram divididos. Muitos estavam cansados da guerra e viam o acordo com bons olhos; outros estavam descontentes com os resultados das últimas batalhas, não confiavam nos portugueses e mantinham o ideal de liberdade a qualquer custo.

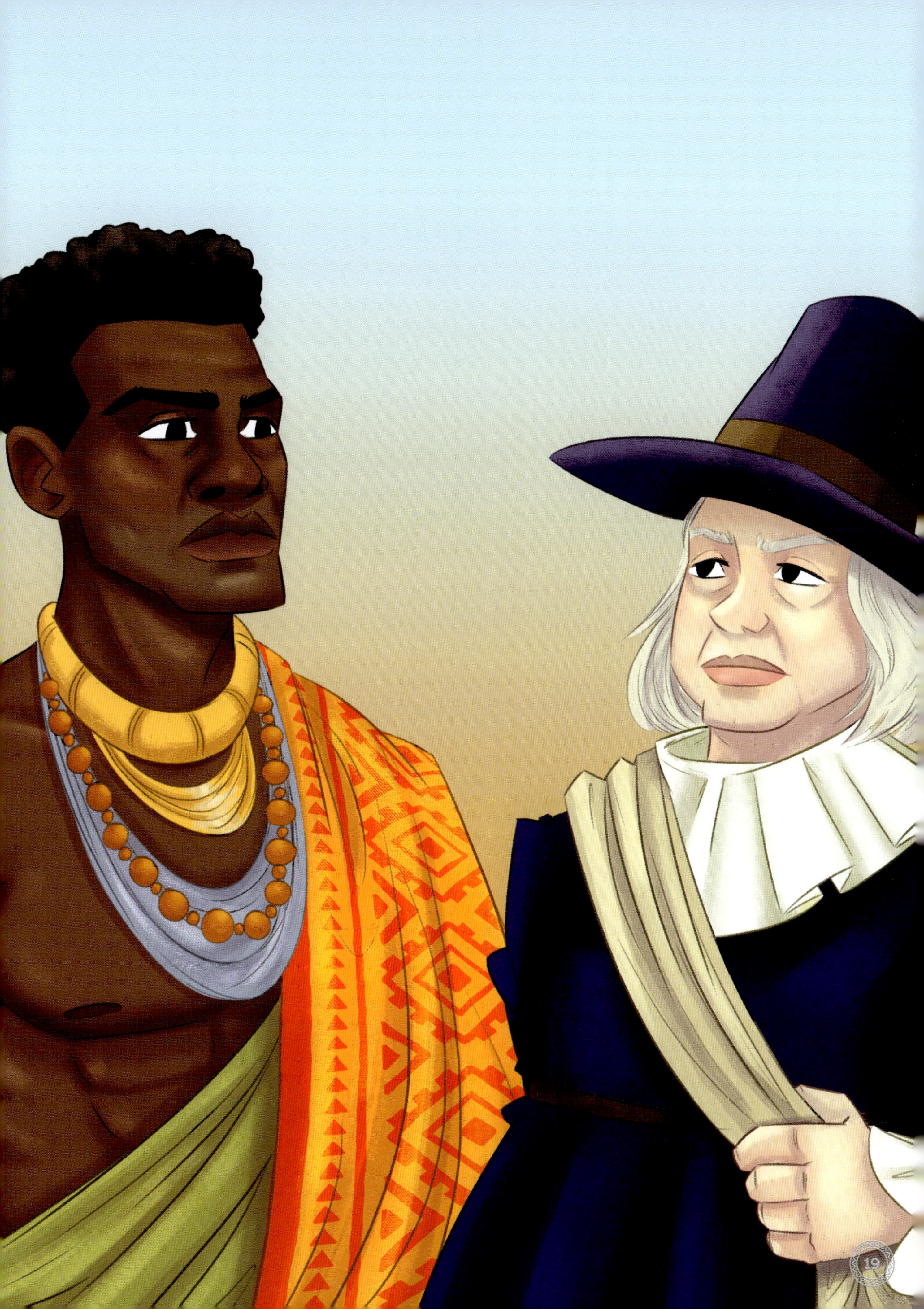

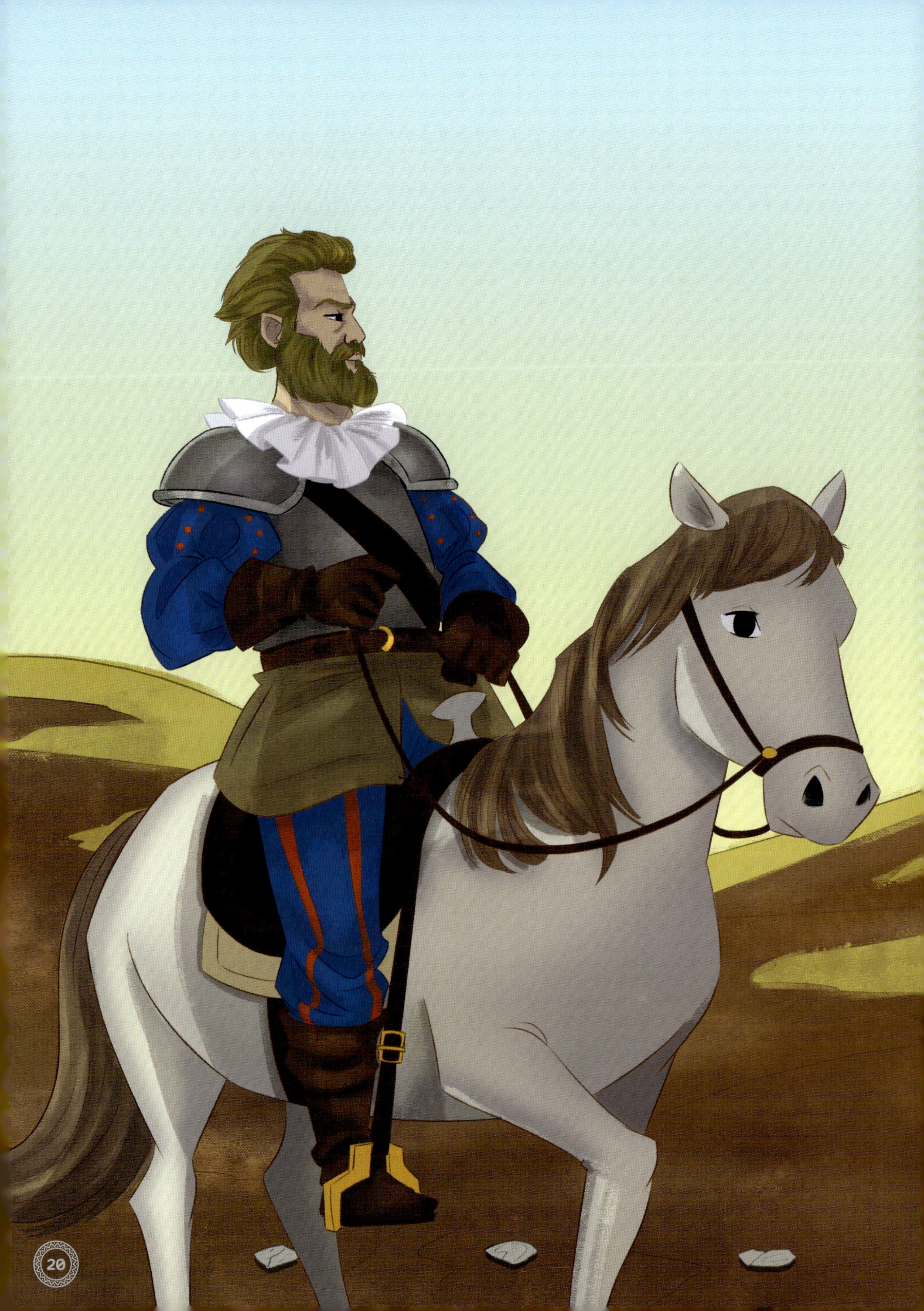

Ganga-Zumba aceitou o tratado de paz e partiu para Cucaú com uma pequena parcela da população de Palmares. Dizem que o que deveria ser o paraíso se transformou em uma prisão ao ar livre, cercada de vigilância e hostilidade. Em pouco tempo, ele viu suas expectativas frustradas e, em 1680, morreu envenenado.

Aos 25 anos de idade, Zumbi assumiu a liderança e Palmares renasceu com força e ousadia. Ele reorganizou os mocambos e aumentou o exército. Mesmo com as incursões de milícias contra o Quilombo se tornando ainda mais fortes e frequentes, Zumbi e Dandara, a grande parceira do líder na defesa de Palmares, continuavam recusando as propostas de acordo.

Durante os anos seguintes, combateram o governo colonial. Os quilombolas haviam se tornado hábeis guerrilheiros. Palmares sobreviveu com êxito às inúmeras expedições holandesas, luso-brasileiras e de bandeirantes paulistas.

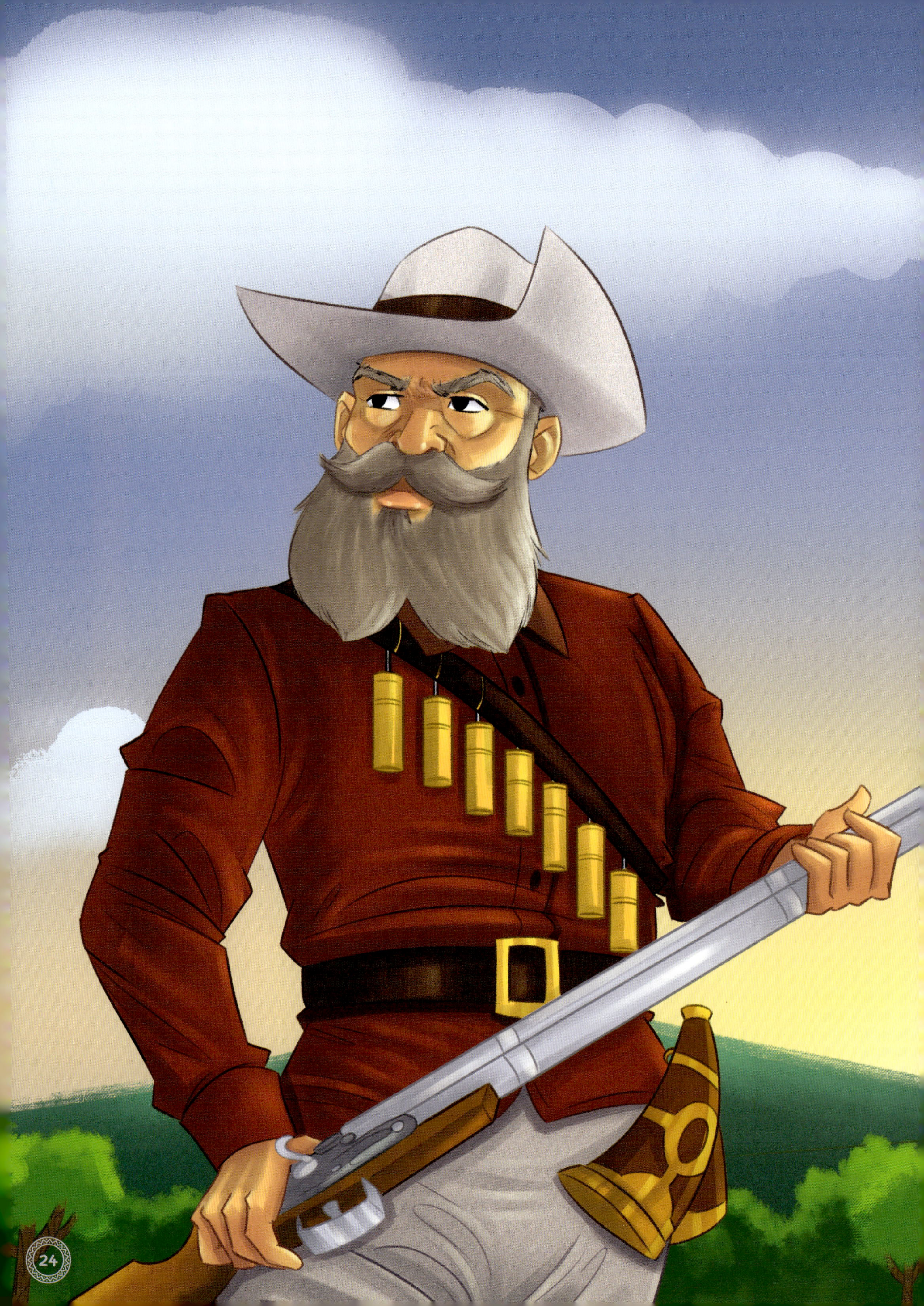

Em 1693, Palmares crescia com abundância. Já os senhores de engenho viviam uma crise com a queda do preço do açúcar na Europa. Destruir o Quilombo dos Palmares se tornava fundamental para aumentar o enriquecimento da Coroa. Assim, além de recuperar grande parte dos escravizados, a elite ocuparia as boas terras que eram plantadas pelos quilombolas.

Em janeiro de 1694, a destruição de Palmares, que parecia impossível, aconteceu. Nove mil homens marcharam até a Serra da Barriga. O bandeirante Domingos Jorge Velho e o militar Bernardo Vieira comandaram o ataque.

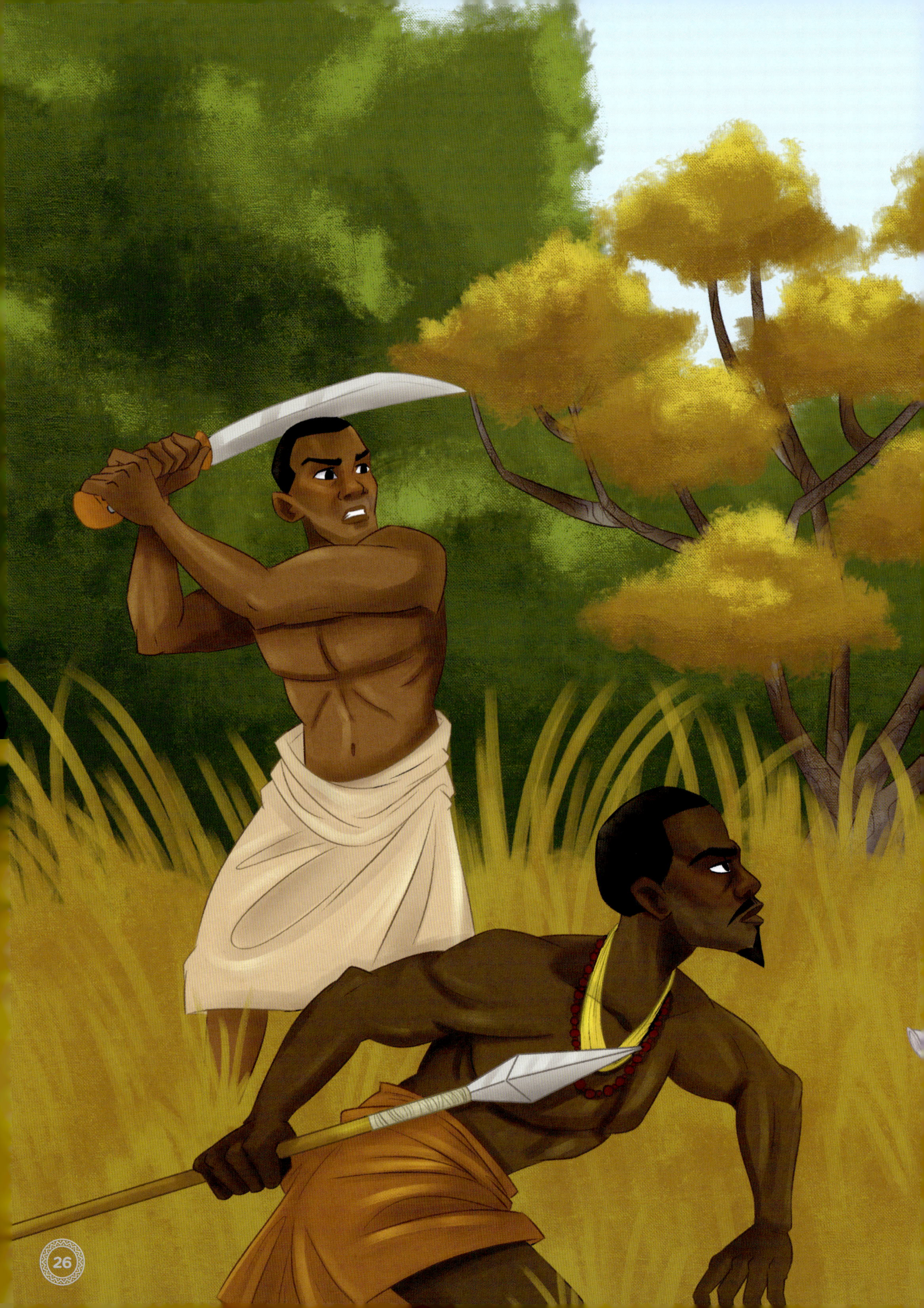

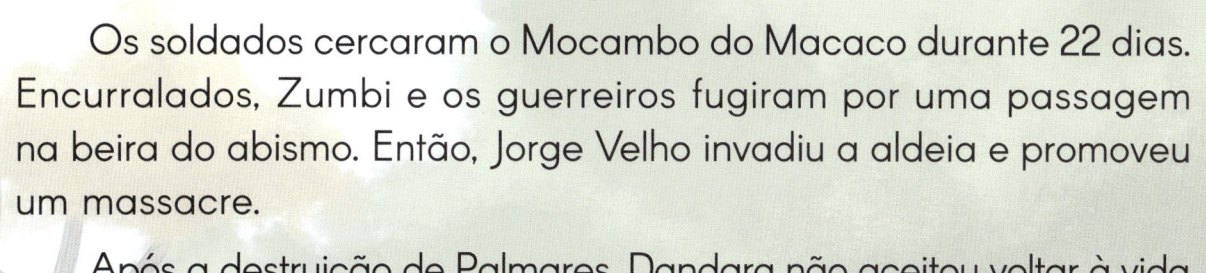

Os soldados cercaram o Mocambo do Macaco durante 22 dias. Encurralados, Zumbi e os guerreiros fugiram por uma passagem na beira do abismo. Então, Jorge Velho invadiu a aldeia e promoveu um massacre.

Após a destruição de Palmares, Dandara não aceitou voltar à vida de escravidão. Os relatos que passaram de geração em geração contam que, quando estava para ser capturada, Dandara se jogou de um abismo. Como grande guerreira que era, acreditou que a morte seria mais digna do que ser escravizada.

Devido a tantas batalhas vitoriosas, muitos acreditavam que Zumbi fosse imortal. Contudo, em 20 de novembro de 1695, traído por um companheiro, um certo Antônio Soares, Zumbi foi emboscado e capturado.

Com poucos guerreiros ao seu lado, Zumbi se viu cercado pelas tropas do capitão André Furtado de Mendonça. Eles não se renderam e lutaram até o fim. Apenas um dos companheiros de Zumbi foi apanhado vivo para confirmar a identidade do líder.

Zumbi foi decapitado e sua cabeça foi exposta na praça principal de Recife para servir de exemplo e provar que ele não era imortal.

O legado de Zumbi permaneceu. A resistência negra à escravidão continuou durante anos, mesmo que, a mando do rei de Portugal, os negros fossem cruelmente perseguidos e marcados a ferro.

Zumbi, Dandara, Ganga-Zumba, Aqualtune e muitos outros heróis se rebelaram por um ideal de liberdade e melhores condições de vida. E esse ideal deve permanecer vivo na memória do povo brasileiro.

A lei n.º 10.639, que tornou obrigatório o ensino de História e Cultura Afro-Brasileira, incluiu no calendário escolar o dia da Consciência Negra, comemorado em 20 de novembro. Em 2011, foi sancionada a Lei n.º 12.519, que instituiu a data como o Dia Nacional de Zumbi e da Consciência Negra.

A escolha da data de morte de Zumbi sugere o reconhecimento do protagonismo da população negra na história de Alagoas e do Brasil.

Tombado pelo Instituto do Patrimônio Histórico e Artístico Nacional (Iphan) em 1985, o Parque Memorial Quilombo dos Palmares, instalado no município de União de Palmares, reconstitui o cenário do quilombo que ainda é um dos maiores símbolos de resistência à escravidão.

Querido leitor,

A editora MOSTARDA é a concretização de um sonho. Fazemos parte da segunda geração de uma família dedicada aos livros. A escolha do nome da editora tem origem no que a semente da mostarda representa: é a menor semente da cadeia dos grãos, mas se transforma na maior de todas as hortaliças. Assim, nossa meta é fazer da editora uma grande e importante difusora do livro, e que nessa trajetória possamos mudar a vida das pessoas. Esse é o nosso ideal.

As primeiras obras da editora MOSTARDA chegam com a coleção BLACK POWER, nome do movimento pelos direitos dos negros ocorrido nos EUA nas décadas de 1960 e 1970, luta que, infelizmente, ainda é necessária nos dias de hoje em diversos países.

Sempre nos sensibilizamos com essa discussão, mas o ponto de partida para a criação da coleção ocorreu quando soubemos que dois de nossos colaboradores, Renan e Thiago, já haviam sido vítimas de racismo. Sempre os incentivamos a se dedicar ao máximo para superar os obstáculos e os desafios de uma sociedade injusta e preconceituosa. Hoje, Thiago é professor de Educação Física, e Renan, que está se tornando um poliglota, continua no grupo, destacando-se como um dos melhores funcionários.

Acreditando no poder dos livros como força transformadora, a coleção BLACK POWER apresenta biografias de personalidades negras que são exemplos para as novas gerações. As histórias mostram que esses grandes intelectuais fizeram e fazem a diferença.

Os autores da coleção, todos ligados às áreas da educação e das letras, pesquisaram os fatos históricos para criar textos inspiradores e de leitura prazerosa. Seguindo o ideal da editora, acreditam que o conhecimento é capaz de desconstruir preconceitos e abrir as portas do pensamento rumo a uma sociedade mais justa.

Pedro Mezette
CEO Founder
Editora Mostarda

EDITORA MOSTARDA
www.editoramostarda.com.br
Instagram: @editoramostarda

© A&A Studio de Criação, 2021

Direção: Fabiana Therense
Pedro Mezette
Coordenação: Andressa Maltese
Texto: Gabriela Bauerfeldt
Maria Julia Maltese
Orlando Nilha
Revisão: Marcelo Montoza
Nilce Bechara
Ilustração: Leonardo Malavazzi
Lucas Coutinho
Kako Rodrigues

Nota: Os profissionais que trabalharam neste livro pesquisaram e compararam diversas fontes numa tentativa de retratar os fatos como eles aconteceram na vida real. Ainda assim, trata-se de uma versão adaptada para o público infantojuvenil que se atém aos eventos e personagens principais.

Dados Internacionais de Catalogação na Publicação (CIP)
(Câmara Brasileira do Livro, SP, Brasil)

Maltese, Maria Julia
Dandara e Zumbi / Maria Julia Maltese ; ilustração Leonardo Malavazzi. -- 1. ed. -- Campinas, SP : Editora Mostarda, 2021.

ISBN 978-65-88183-02-1

1. Literatura infantil 2. Zumbi - Literatura infantojuvenil I. Malavazzi, Leonardo. II. Título.

20-50236 CDD-028.5

Índices para catálogo sistemático:

1. Literatura infantil 028.5
2. Literatura infantojuvenil 028.5

Aline Graziele Benitez - Bibliotecária - CRB-1/3129